遠い、道のり

卓　仁淑

TAKU Insuku

文芸社

もくじ

第一章　再会

1

埼玉の田舎町は、昔々、あの遠い昔とほぼ変わりがなかった。

町の雰囲気はもちろん、そこに溜まっている空気まで、昔と似たような味だった。ただ、町全体が歳月と共に年老いて、古くなっていた。リカとアキラが互いに見えない所で知らず、知らず、年を取ったのと同じ現象だった。

リカはアキラ先生と再び出会って二か月後、四十年ぶりに、二人でその田舎町を訪ねた。過ぎた日々を偲びながら眺める田舎町は、二人を黙って迎えていた。

高い空から届く冬の終わり頃の微温な陽射しが、肩を並べて歩く二人の髪の毛を優しく照らしていた。

リカはちらちらと蘇って見える、アキラ先生の二十代の姿に心が震えた。確かにあの時のギターの先生に違いない。

リカの通っていた音楽教室があった建物も、未だに古いまま残っていた。長い時間を耐え抜き、みすぼらしい感じで。ギター教室の看板がどこにもないことだけがリカの気がかりだった。

「懐かしいね」

アキラ先生が沈黙を破った。

「ここが、私たちの故郷なんだなあ」

「ここで生まれ変わったから」

リカも空を見上げて未練がましい声を出した。

故郷。まさにこの町が二人の未来の扉だったとは。

生きている人は誰でも、自分のおおもとへ旅を願うのかも。各自、与えられた生を真面目に守りながら、いつでも、本当の自分自身と会いたいのかもしれない。

リカは桜が咲く季節に近づく希望みたいに、心へ灯りが広がってくるのを感じた、あの昔の十七歳の春を思い出した。この小さい町にギター教室の担当者として現れた、アキラ先生と初めて会った時期を。

大きいギターを腕から下ろして、小さな背もたれの椅子に座った時、なんとなく照れた笑いを堪えたアキラ先生の姿に、リカは一足早く、春のような輝きを読み取った。年齢に比べて遥かに純粋な心を持っていそうだと、敏感に感じ取った。

薄暗くて、寒くて、貧しい。そういった芸術家特有の透明感のようなものを感じさせながらも、真心が滲み出ていた先生。リカの胸の奥に目覚めてきたのは憐憫の情であった。

「リカと初めて会った時、ドキッとしたよ」

四十数年前に二人で行った駅前の昔の喫茶店は、今も店を開けていた。名前まで何と〝千年〟だった。千年……あたかも、二人の出現を永く待っていたかのように。お互いに会えなかった何十年の間が、もしかして千年に当たるかもとまでリカは思った。

リカは手を震わせながら、千年と書かれた喫茶店の扉をゆっくりと押した。

「何かを秘めていそうな雰囲気と熱気を感じたかなあ」

喫茶店の古びた椅子に座ると、アキラ先生が先の話の続きみたいに呟いた。

アキラはふっと、この前聴きに行った雅楽の演奏会の朗詠を思い出した。たぶん

「松根」だった気がする。

《千年の翠　手に満てり……》

「詳しくどんな気配？」

リカが両手で頸を支えながら、にっこりと笑った。

「そうだね、芸術的な世界の特定の部分を、きっと追求するだろうとの僕の確信かな？」

「そんな才能が読めたの？」

「直感というか」

直感と言えば、リカも、アキラ先生に対して、この音楽の道を外れないだろうとの心の決め付けがあった。未だに鮮明に覚えている。最初出会った時の印象が、固定された一枚の写真のようだった。頭の中で強く受けた、芸術性の魂みたいな何かが。

「うそ！」

「本当だよ！」

「今は、ただ現実の海で溺れるばっかり……。失望したの？」

「いや、絶対に諦めてないと思う」

「これからでも、やり直せるとの意味？」

「もちろん」

アキラ先生の短い答えは、確証で固まっていた。

リカは一瞬、未熟だった十代の終わり頃を振り返ってみた。決して希望的な未来を夢見たりはしなかった時代を。

「リカは画家の道に入ってるのかなと、考えたりもしたけど」

アキラ先生は細目で喫茶店の壁を眺めていた。

そう言えば、一時、絵の山に閉じこもって、先輩のアトリエに通ったことがあった。毎日くだらない日常すべてが深刻で、自分でも何を求めているのか分からない時期だった。

「しかし、十九歳の時の手紙で、文学を目指したいとも語っていたから……」

リカは内心うろたえた。全く覚えがない。

「私、そんなことを書いたっけ？」

リカはやはり、今でも小説をパソコンの画面の上で絵みたいに描いていた。仕事をしながら、自分のノートパソコンに蟻の行列を休みなく伸ばしているようだった。

一人の人間の未来がたいてい十代の後半に決まるとは、本当に驚くべき発見だった。いや、大事件かもしれない。

アキラは自分のギター人生も遡ってみた。

「禁じられた遊び」のギター曲を通りかかった道で聴いて、結構な刺激を受けた。ある面、軽い衝撃とも言えた。ずうっと耳からその曲が消えなかった。生まれて初めて聴く曲だった。

十六歳の秋頃だった。母親にギターの楽器が欲しいと、迷った末に思い切って口を開いた。当時の家の暮らしが貧しいのをある程度、分かっていたから、たった一度だけ話を切り出した。母親は複雑な表情を見せるのみ、返事がなかった。

アキラは母親に悪いと思い、母の心を苦しめたのが気になった。

そこで縁の下に転がっていた木材とベニヤ板で、ウクレレのようなギターらしい楽器を作った。弦は銅線を利用して長く繋げた。フレットは割り箸を挟んで仕上げた。

それから音を出して喜んで練習を重ねた。とても止められなかった。

ある日、母親が数千円の入った封筒を何も言わずアキラに渡した。

涙を胸に溜めて、そのお金でギターを購入した覚えは一生忘れられない。今の自分は母親のお陰で、ギターを続けられたと言っても過言ではない。


リカもしばらく考えていた。

未だに手放せない、パソコンの中に保存した未完成の小説の端くれなどを。未練が捨てられなくて大事に取って置いた、自分の人生の整理物を、思わず秘かに取り出してみた。その錆び付いた古臭い記録を、今、アキラ先生が引っ張り出そうとしている。

お互いの芸術的な世界への共通点を探るのに、まさか、何十年もかかるとは。

リカは四十年ぶりの再会をした時アキラ先生から聞いた、衝撃的な言葉が耳の周りで木霊になってそわそわし続けた。

再会した千川駅前のレストランで、リカと似ている人がいなくて、結婚ができなかったと語ったアキラ先生のセリフを。その後、カフェ「リメンバー」で聞いた言葉も耳鳴りみたいに、いつまでもリカの頭を揺らしていた。結婚をしなかったことに、リカの影響が相当もあったとの話が。リカと似ている相手を結局、探せなかったからと言葉を再び濁した時のことが。

　背中の荷物の重さに窒息しそうだった。

　同時代に共に息を吸いながら生きている遠い所の誰かが、自分のために、これほどの誠心誠意を持って想い続けてくれたこと自体が、ただで済ませられる事実ではなかったのだ。何かを還さなければ……。

　千年ぶりに着いたと思える喫茶店で、二人の時間を少しだけ譲ってもらい過ごした後、再び町へ出歩くまで、リカはこの考えからずっと自由になれなかった。

「セレクト」という名のホテルの看板が目に入った時、リカはあることを決心した。先生の四十年分がのしかかる重圧感から少しでも抜け出したい。アキラ先生に永い歳月に対する恩返しをしなければならない。このままではいられない。

　四十年の月日を、たった一晩で埋めようと思っても。

　青春は過ぎ去って、二人にあるのは年老いた肉身だけ。ただの抱き締め合いでも十分ではないのか、リカはそう思った。

「セレクトって、選択の意味だから」

アキラ先生の顔に訳が分からないと書いてあった。

「二人で歩める今後の道について、所定の儀式を行うの」

「泊まりで行うとの意味？」

アキラ先生の顔がやや薄赤くなった。明らかに躊躇している表情だった。

リカは迷わず肯いた。

「これを機会に、私たちは、この世で一生、同僚として片手を繋いで、平行線の道を歩みます」

「同意できない！」

二人きりの密室を思い戸惑うのか、平行線の道に合意したくないのか、両方ともなのか、アキラは自分でも自分の心がよく分からなかった。

「真っ白いケーキも準備します。一切飾りのない。その上には、永遠な道へと書くつもりです」

「そんな勝手な……」

「雪畑なの、私たちが歩く道は」

リカは考えた。今の時点で、四十年分の待ちくたびれた絆か情を強く抱いて冷静に儀式を行うしかないと。


アキラにも四十年前のことが昨日のように浮かび上がった。

新鮮な衝撃、心のふるえ。リカから芸術的な魂みたいなものが感じられたのはもちろんだが、いくら十七歳と言っても所々は女にも見えた。手でも握りたい気持ちがなくもなかった。時々口づけをしたい雰囲気にもなった。しかし、未成年という障害を乗り越えるにはとても勇気が必要だった。二十歳にでもなっていれば……。

アキラは内心でそう思っていたが、実際には先生らしい、多少厳しい姿を見せるのが精いっぱいだった。リカにはあの時代、これぐらいの誠意しか表せなかった。別の面としては、リカの成長を待ちたい気持ちが最も大きかった。

ところが、リカが十九歳の時、父親に付いて別の国へ行くことになったのだ。空港までリカを送りに行ったのは、リカを待ちたい気持ちが強かったからだった。いても立ってもいられない。寝ても起きても、リカの影から自由になれなかった。リカの瞳を思い出しながらギター曲を作って、リカに送るのが自分の思いを伝えるすべてだった。幸いリカの所在地の住所を知っているのが、自分に対する唯一の慰めだった。

リカが二十一歳の時、日本へ再び戻ってきたのが千載一遇の機会だったのに。憧れの女性なので大事にしたかった。遠い所から眺めるだけで、色んな場所に誘っても手さえ触れなかった。「蝉しぐれ」の映画のように、胸の中の踊りだけで日々が過ぎ去った。リカに向かっている気持ちを上手く表せなくて全身が固まりそうだった。リカの前で男になりたいと願った時期は、しかし、迷いの川に溶け、自然と共に流れてしまった。

「文化は、今日に必要なものでないから。人々の明日の楽しみだから」

リカの本でも読んでいるような声で、アキラはやっと考えを止めた。

2

すべてが偶然であった。

リカは、そう思った。

埼玉に正社員の職場をおいて、東京へ掛け持ちのパートに出かけたのも。

東京の職場で毎年開かれる新年会へ、勤め始めて三年目に初めて参加したのも。

新年会の途中、舞台に現れた演奏者の指を飽きずに眺めていたのも。

その日、実際招請される予定だった人は三味線のプロだったのだが、何らかの都合でギタリストに替わったのも。

そして狭くて薄暗い舞台を離れる音楽家に勇気を出して話しかけたのも。

しかし、一つ、一つ、顕微鏡で拡大して見ると、血液が流れて毛細血管から心臓に向かっていくのと同じように、最初から終わりまで長い糸みたいに繋がっていた。

すべては必然だった。

リカは確信した。

リカが働きに行っている東京の職場は、利用者が百名を超える老人ホームだった。リカはそこで看護師として勤めていた。利用者の大部分が八十歳以上の高齢者なので、古い内科的疾患はもちろん、認知症なども一般的に見られる所だった。さっきまで元気な顔でレクリエーションを楽しんだ方が急変することも多かった。救急車が不安そうな音を鳴らしながら、利用者を病院へ運ぶことも頻繁に起きた。当然、医師が必要であるけれど、施設に常駐をさせるには費用がかかる。仕方なく週一回ほど往診医師が来ることになったようだ。

その往診医が今日、新年会の主体となって医療従事者たちを集めたのだ。

一般家庭のリビングルームみたいな雰囲気のレストランを往診医が丸ごと借りて新しい年をみんなで迎えようとする。

「明けましておめでとうございます。去年は色々とお世話になりました。今年も宜しくお願いいたします」

往診医の感謝の挨拶で新年会が始まった。

イタリア料理が専門の店らしく、バジルの香りが強いオリーブオイル入りのドレッシングをかけたサラダが運ばれてきた。

やや低い天井を回りながら、だんだん耳に近づいてくるピアノの音は、ヴィヴァルディの「冬」だった。

寒そうに透明な音律が一個ずつ、丸い水玉から氷へ変わっていく感じがする。足元で氷玉がごろごろ揺れ動く気がした。やがて曲はゆっくりと壁に吸い込まれてしまった。

これから先、どんな一年になるのだろう。リカは自分も気付かず乾いた笑いを呑み込んだ。毎年、希望とか期待とか決心などを繰り返して今に残ったのが何なのか、さっぱり見当がつかないので無理もなかった。

白ワイン一杯で、目の前が歪んで一瞬軽い目眩までした。

考えてみればこの数年間、生きていくこと自体に疲労を感じたり、価値をなくしたり無感動、無感覚みたいな状態がしばしばあった。無心の街に閉じ込められて徐々に自ら壊れていくのが怖くなっていた。こういう状況をまだ認識できるから、治せる可能性があるかもしれないけれど、そっと自分が自分ではなく、自分で他人になっているような気持ちから抜け出せなかった。

こういう状態に落ち込んだのは、おそらく埼玉の職場が原因だろう。

リカが正職員として勤めている埼玉の職場は、精神科病棟だった。患者は全体的に高齢化して年は取っているが、それにしても身体的には結構元気な入院患者が多かった。その丈夫な統合失調症の患者たちは、一日をほぼ無為に過ごした。世の中の何事にも興味がないようだった。お寺で修行をするお坊さんと違って、おかずにしょっちゅう出てくる肉や魚を何の拒否感さえなくよく食べていたので、やはりお寺とは距離が遠いことに違いない。

仏教の用語に確かに無為があった。

煩悩を捨て去って渡っていく理想郷、彼岸の世界を意味する。

それ以外は老子の哲学思想に無為の言葉が登場するようだが、道教的な無為は仏教とはまた意味が異なって、何もしないことではなく、わざと作り上げることを避ける行為が無為である。ありのまま、自然無為と表現していたから、そこの患者たちはそうとすれば、二つの世界を統合して、それこそ自然無為で彼岸に移っていくつもりなのだろうか。そうでなければ一日二十四時間が完全に自分たちの所有なので、心に余裕が溢れ、かえって無意欲へ落ちたのかもしれない。

時間が他人のものだったら、それを奪うため、必死になったのだろうか。

とにかく各自、何を考えているのか、なんで生きているのか疑問だった。

不思議……。患者の大部分が古くてぼろい、その暗鬱な病院で安住するように見えた。退院をさせられるのが一番怖いと思っている家族と患者に接した時、リカは人間に対する尊厳性を一部失った。

新年会の前菜を食べ終えると、メイン料理としてミートソース、カルボナーラなどのスパゲッティ類の食事が出てきた。量を少なくして色んなソースで味を変えたパスタの集まり。音楽で言えばメドレーと同じかもしれないけれど、こんな形の食事は普段なかなか味わえないと思う。一般的には一食に一つのメニューしか頼めないので、リカは格別なソースのスパゲッティを交互に味わいながら、その微妙で独特な感覚を口の中で堪能した。

ピアノ曲はいつの間にかベートーヴェンのピアノソナタ「熱情」に変わっていた。このレストランのマスターはどうもピアノが好きらしい。ヴィヴァルディの「冬」の曲もリカはヴァイオリンの演奏の方が気に入っていたのに、今日は仕方なくピアノ曲で聴くしかなかった。

店の看板には「リコルード」という名前が掛かっていた。イタリア語で追憶、すなわち思い出という意味だった。リカにとって、イタリアは特に親しみを感じさせる半島だった。十九歳の時、特派員の父に従って一時暮らしたことがある国。日本みたいに海が多かった。リグーリア海岸で眺めた翡翠色の海と、岩壁の上に建てられた彫刻みたいな家はいつまでも忘れられない。

職員たちは各自、ビールやカクテルやワインなどを次から次へと注文した。リカはお酒の代わりにレモンスカッシュを頼んだ。

アルコールがかなり回り、大体の人の顔が酒に酔って赤くなっている頃、大きい楽器ケースを片手に持った中年の男が店の扉を開いた。

一瞬、男の方に視線が集まった。長い髪を後ろに縛っていたのも印象的だった。男が持ち運んだ楽器のケースは誰が見てもギターなのがすぐ分かる。その男は往診医師が、今日の新年会を盛り上げるために招請した音楽家だったのだ。

狭くて薄暗い舞台にギタリストが座った時、リカは霧の中で街灯からぼやっと広がる光を見ているように、何気ない特別な雰囲気を感じた。

簡単な自己紹介に続いて演奏が始まった。

冬なので孤独で寂しい曲から弾くとの説明後、フラメンコの代表曲であるソレアを弾いた。

孤独で寂しい追憶、この店の名前まで「リコルード」とは。リカの胸がギターの弦の響きと共に震え始めた。

昔、昔、それこそ遠い昔、埼玉のある田舎町でギター教室へ通った時のあの先生の姿が、だんだん大きく拡張されて目の前で止まった。

何か悲しくて淋しそうなことが起きるような予感が、頭の中からしばらく消えなかった。

もともとギターの故郷がスペインなのでアレグリアス、ファルーカ、ブレリア、シギリージャなど、耳慣れない曲がいくつか続けて演奏された。

それからクラシックギターの名曲「アルハンブラの想い出」が最後に流れてきた。その曲をゆっくりと聴いている間、リカは胸の奥からの破裂音を痛みとして受け止めていた。

レモンスカッシュのグラスの中の氷に雷が連続して落ちていた。

同じ道を歩む人なら、今日のギタリストが、もしかしてあの先生の消息を知っているかもしれない。

この世の中でそんな夢みたいなことが起きるなんて可能な話だろうか。

今日のギタリストが周りを整理し荷物を片付けている時、リカは前後を計らず何も考えず、ほぼ無意識的に椅子から立ち上がった。

「あの……すみません。忙しいところ失礼ですが、もしかして、昔、クラシックギターを弾いていた、アキラ先生って知りませんか？」

近くで見ると顔の陰影がかなり思索的な音楽家が、いきなりの問い合わせに目を大きく開けた。

「アキラ先生なら知っていますよ！」

少しの躊躇もなく奇跡みたいに聞こえた返答が、家族的な小さいレストランの中に響き渡った。

3

アキラは最近、時間的にも空間的にも、人間関係的にも自由であった。

どこにも誰にも拘束されない静かな生活は、特に不便でもないし、かえって心が楽で解放感さえ感じるほどだ。

一匹の猫だけがいつも冷静に、でも穏やかに、自分を見守ってくれている。猫は可愛いところもあり、意外と心を癒やしてくれた。

部屋には色んな物が散らかしっぱなしで一見、ゴミ屋敷にも思われる。

自分で作った曲以外にも、世界的に有名な音楽家が作曲した作品まで床にころがっていた。紙の色が黄色く変わった楽譜がまるで中古の本屋みたいに山ほど積まれている。中にはかびがついているノートもあるが、それでも別に整理をする必要性がなかった。

くだらないことをしつこく言い続ける女房もいないし、はしゃぎ回る孫もいないから、なおさら手が出ないのかもしれなかった。

時々猫が楽譜の山を渡りながら軽い足で紙を動かしたり、鋭い爪先で作品の角に傷を残したりもするけど、たいしたことではないから構わなかった。

古くて色が薄く変わった部屋の壁には、石神井公園の夏の風景が描かれた一枚の油絵が飾ってある。緑が盛んな真夏の景色で、深そうに見える池も描いてあった。季節のせいだけではなく、絵の中には何とも言えない熱情が溶けている。

絵の背景の空には片方を淡い黄色で塗って、残りの半分ぐらいが薄茶色で描かれていた。若干、曇っているけれど、もうすぐ晴れてきそうな感じがする。池の向こうの細長い道には人影がなく、不透明な灰緑色の池にも草や社やお堂の映り込む影だけで、水鳥一羽さえいない。作家の孤独な心境の表現だったのかもしれないけれど、希望を潜めた心が絵の中から読み取れる。

アキラはＦ10キャンバスに額縁がついた、その絵にほぼ毎日目を配りながら、真心がこめられた作家の瞳をたまに思い出した。

その絵はリカが直接描いてサインまで入れて贈ってくれた作品だった。

アキラがリカと初めて会ったのはギター教室だった。

二十代の青春時代、アキラがギターを教えに行った埼玉の田舎町でリカは門下生として現れた。

他の弟子と異なり、リカは最初から印象深く、アキラは胸の中で細かな響きを聞いていた。

リカが憂愁に濡れた目でギター教本を見ていると、アキラの胸の奥がトレモロでも演奏しているように小さく震えた。

しかし、先生が生徒と個人的な交流を持つのは、基本的に禁止されていたので、心の中の本当の気持ちを表現することがなかなかできなかった。

リカがまだ、未成年だったという理由も含めて、本心を隠すための偽装術でギターの先生としての事務的な言行を選んだ時もしばしばあった。

それでも時々アキラとしては無理をして、リカとの講習が終わる頃を見計らって、普段慣れていない命令口調を出したりもした。

「他の人の講習が終わったら行くから、駅前の喫茶店で待ちなさい」

リカは黙って自分のギターをケースに入れ無表情で練習室を出ていく。決まった返事もなしで。

講習を終えて喫茶店に行くとリカは隅の席に静かに座っていた。

「ギターが好きなの？」

何から話せばいいのか迷っているうち、言葉が先に滑ってしまった。

「ヴァイオリンの方が好きかも」

「ふたつの楽器って、相当違うけど大丈夫かね。何だったらヴァイオリンの先生を調べてあげようか？」

胸の中を涼しい風が通るような感じで、その時、自分でもよく分からない寂しさを覚えた。

二人の前にウェイターがコーヒーを運んできた。

アキラがコーヒーにクリームを入れる。

「コーヒーはブラックの方が、体にいいのに……」

リカがお母さんみたいな顔つきで、言葉の後ろを濁す。

年より大人らしく見え、ふっと女らしい感じがした。

「弦楽器が好みだから別に変わりないわ」

事実、こんな田舎町までヴァイオリンを教えに来る先生はいなかった。

リカとは田舎町のおかげで会えたかもしれなかった。

文化生活の対象が都会に比べて比較的不足している田舎町で、音楽教室は唯一無二な芸術の世界だったと思われた。

「それではギターでもいいんだ」

アキラの心の中になんとなく安心感がしみ込んで通り過ぎた。

「私、本当は絵を描いているんだけど」

リカは純粋で感性的で一見、静かな感じに受け止められたが、予想外の唐突さと大胆さを同時に持っているようだった。

これから一歩一歩自分の音楽の世界を構築していく上で、新鮮さ、もしくは刺激みたいな何らかの影響を受けそうだった。

石神井公園のリカの絵を眺めながらアキラは時々、いや、もっと頻繁にリカを思い出した。

今頃、リカはどこで何をしているのだろうか。リカから届いた手紙の住所をじっと見ながら、別な国へ引っ越しでもしたのでは？　などとたびたび考えたりした。

リカの父親は新聞社の海外特派員で、世界中の色んな国を歩き回るようだった。

アキラが今、持っている手紙はイタリアのミラノから送られてきた物だが、あまりにも時間がたち、封筒はもちろんボールペンの跡まで変色していた。リカの手紙だけではなく、自分の返事の下書きもそのまま残して保管している。当時の気持ちをいつまでも記憶したいからだった。手紙を交わした多くの人々の中で、格別にリカへの返信の下書きのみ、捨てなかったのは何故だろう。

リカと再会をして間もない時、昔の手紙は一通も持ってないと言うので、大事に取って置いた手紙を見せたら、リカは驚愕し口を閉じられないままだった。

リカが日本からヨーロッパへ旅立って行くことになり、離れ離れになったのはアキラが二十五、六歳でリカが十九歳頃だった。何と言ってもイタリアは並はずれて遠かった。

羽田空港までリカを見送りに行った日、ずっと自分の体が舟になったようで、波に揺れていた。お酒でも飲んだみたいに、土の上を歩いている気がしなかった。絵を描いているというリカのために準備した、美術展示会の厚めの図録を渡す時も両足は震えっぱなしだった。

リカを乗せた飛行機が、小さくなって空から消えるまで、いつまでも目を離せなかった。

その後、リカがいない埼玉の田舎町を、一人でふらふらしながら歩き回ったことが昨日のことみたいに蘇る。

その時どうしても、自分自身の主体がなくなって耐えられなかったが、ギターの作品を作り続けた。

リカの濡れている瞳がそのまま溶け込んだ作品がついに完成し、「瞳」と名付けた。

4

リカは、埼玉の田舎町のギター教室に通い始め、アキラ先生と出会った時のことを未だに昨日のように覚えている。

最初の印象はとっても感性的で、敏感で、繊細で、弱々しく見えた。先生本人のことはよく知らなかったけれど、色んな所から心に傷を受けやすそうに感じられた。

しかし、回数を重ねて会いに行くうち、少しずつ具体的に近づいてくる感覚があった。

優しい中に、厳格な部分があり、一見柔らかく感じ取れるけど正しさを求める力が強かった。その正しさがあの時代、リカは時折かなり怖かった。

リカはレッスンの前に、今の時間帯だと先生はまだ夕食を済ませていないと推測した。それで、ギターの練習などは後回しにして食事を作り始める。えび、いか、たまねぎ、人参などを刻んでチャーハンを作ったり、ポテトサラダに潰した卵とハムを挟んだサンドイッチも作った。海苔巻きをお弁当に入れて持っていった覚えもある。包丁で切ってみたら海苔巻きの具が真ん中ではなく、端っこに集まっていた時は、途方に暮れたことも何回かあった。

そんな簡単な食事を持ってギター教室へ行くと、先生はたいてい口を閉じたまま頬と目だけ笑ったりした。

ギターの講習室にはレッスンの時、先生とリカしかいない。二人きりになる。

「素敵な曲を聴かせて！」

先生もレッスンを後回しにして「アルハンブラの想い出」とか「禁じられた遊び」などを弾いてくれた。

次の門下生が入ってくるまで、先生と一緒にいられる時間はわりと短かった。

その気持ちを読み取ったように、アキラ先生が先生らしい口調で少し硬く言い出す。

「他の人の講習が終わったら行くから、駅前の喫茶店で待ちなさい」

胸がドキドキする中でも、ばれないように冷たそうな表情を演出しながら、リカはギターをケースに入れる。

リカはアキラ先生を心から尊敬していた。でも、時々、わざと反発をしてみたり、先生の反応を確かめるため、用事もないのにギター教室を欠席してみたりもした。それはリカが反抗期だった時なので、仕方がなかったかもしれない。

先生の人格を高く、大きく認めていくうちに好感も芽生え、慕う心が膨らみ始めた。

リカがたまに感じ取った心の中の淋しさと切なさを先生は分かっていたのだろうか。ギターを習い始めて一年くらいが過ぎた時点からは、わがままになって物事をよくねだったり、せがんだりもした覚えがある。

アキラ先生は殆どリカの甘えを聞いてくれた。

「隣の湖に行きたい！」

講習が終わるとすっかり夜だったが、リカはそんなことを言い出した。

「車を持ってくるから、待っていてね」

他の生徒には普段見せない先生の優しさを受けながら、リカは先生の本当の気持ちが読めるようになった。それでも自分で感じた先生の心が実際に合っているのかは、たまに自信がなかった。

アキラ先生は当時、築地市場でバイトをしながら自分の音楽の勉強をしていた。

その上、週末を利用して家から遠い田舎町までギターを教えに来ていたので、かなり疲れているはずだった。

「乗りなさい」

軽トラックの助手席のドアを開けながら、先生が左手を差し出してくれた。

「行こうか」

軽トラックの前面の窓ガラスの外は、ヘッドライトの光の反射しかなく周りは真っ暗だった。

リカは歳月が過ぎた後々まで、あの日の自分の心の中の、先が見えない、暗闇から受け止めた微かな記憶を決して忘れなかった。

言葉では上手く表現できないが、長く苦しい日々が続くような予感に閉じ込められていた。

これから長く、苦しい日々が……何が、どういうふうにというのは分からないけれど。

アキラ先生と自分の間に、渡ってはいけない橋がかかっているような気もした。おそらくその橋は、人の意図で渡っていけないのではなく、自然に渡れない、空からすぐ消える虹みたいな形なんだろうとリカは思った。

後で実際、その場面が訪れた時、長い苦しみの中を黙々と歩きながら、リカは当時の自分の考え方に腹が立ってたまらなかった。

真っ暗な中でも消えない虹と思うべきだった。先生との関係をはかないものと決めつけてしまったから、相応の結果を迎えることになってしまったのではないだろうか。

湖の周りを薄い灯が照らしている。

「降りて少し歩くの？」

アキラ先生は何でもリカがやりたいようにしてくれる。リカはその部分も多少気になった。何事でも強く引っ張ってくれれば静かに黙ってついていくのに（……）。

「一人で歩く！」

相手の返事も聞かず、リカは軽トラックから身を降ろす。秋の真ん中、いくつかの紅葉がちらっと頬をかすめる。

アキラ先生は軽トラックから降りないで運転席にじっと座っている。

（先生は私のことをどう思っているのだろう）

リカはしばらく考え事に夢中になる。

少し寒さを感じてリカが軽トラックに戻ると、先生は何も言わず車のエンジンをかけた。

「寮まで送るから」

軽トラックが走り出し、やっと先生が口を開いた。

「あたし、今日、帰らない！」

リカが強い口調で反抗的に言う。

「学生は夜になったら、ちゃんと帰って寝るんですよ」

「いやだ！　そんなお父さんみたいな決まり文句！」

先生の顔に穏やかな余裕をたたえた微笑が浮かび上がる。

寮の前で車を止めるとアキラ先生が握手を要求する。

リカは先生の握手を拒否しながら背中を見せたまま振り向かない。

時計はもう午前零時をまわっていた。

十代の終わり、これから輝き始める二十代の入り口にいるリカには、アキラ先生が保護者みたいに思えた。

それでも当時、テレビから流れていた「せんせい」という歌謡曲を聴きながら、心が焦げて枯れるまで涙を流したことも、ついさっき起きたみたいに感じる。リカはその歌詞を未だに、はっきりと覚えている。

長年の精神科病棟の勤務の影響で、人間に対する尊厳性を失った頃、リカが尊敬していたアキラ先生が目の前に現れたことを、どう説明すればいいのか見当もつかない。リカには、先生が精神的な救世主みたいに思われた。黙ってずっと見えない所でも見守り続けてくれた運命の人、昔の保護者の感じと似たような。

5

リカに本当の気持ちを伝える前に、リカは父親に付いて日本から離れてしまった。アキラは悲しくて淋しくて虚しくてたまらなかった。心の距離はともかく、リカが近くにいないことが耐えられなかった。いらいらして落ち着かなかった。ギターがなければたぶん、身も心も落ち込んで、胸に大きな穴を自分で掘って閉じこもったかもしれない。ギターがあり、音楽が友達の代わりにそばにいてくれたので、癒やされたと思った。

他人に捧げる人生で初めての作曲、それがリカのために作り上げた「瞳」だった。何十年が過ぎた今、聴いても結構気に入っている作品である。その「瞳」の楽譜を、手紙と一緒にリカの住所へ送った。何とイタリアのミラノまで。「瞳」はリカが弾けるくらいのレベルに、難しさを排除することを念頭に置いて作った曲だった。

当時、リカのギター弾きの水準は中級に入ったばかりの程度だったので、難易度が高いものは避けるしかなかった。かなり難しい作業だった。易しい曲への作品作りの厳しさが分かる機会にもなった。

リカから手紙の返事が来て、「瞳」の曲も認めてくれた。上手くはなくても何とか弾けたらしく、涙の跡が残る手紙を寄越したのだ。滲んだ文字の中にリカの瞳が浮かんできた。アキラはやっと灰色の雲の中から抜け出すことができた。

その後はリカと手紙で会えたので別に寂しさを感じたりはしなかった。その上、リカが看護学校の続きの勉強のため、日本に戻ってくることになり、嬉しさが倍加した。この時の嬉しさをまた、曲で表現した作品が未だに残っている。「巡り逢い」と名付けた作品だった。

考えてみれば、これほどリカに夢中になっていたのに、何故もっと細かく表現しなかったのか不思議に思われる。物事が過ぎてから後で気が付くなんて、勇気のない自分がいやになってくる時も多い。

それでもアキラとしては、リカが日本へ戻ってきた時、音楽の勉強の合間でも無理をしてリカを誘い、よくあちこちに連れ出した。ギターやピアノやヴァイオリンなどのコンサートが行われた色んなホールとか、有名な書店とか、大きい楽器店とかに出かけたり、いくつかの祭りにリカを伴って楽しんだりもした。

川越の小江戸に行って蓮馨寺へ寄ったり、喜多院を回ったりした記憶が今でも鮮明に残っている。

そこの小江戸のお寺の入り口あたりで、竹の串に巻き取られた丸く膨らんだ白い綿菓子を、二人で微笑みながら、口の周りにいっぱいつけて食べた光景が目の前に現れる。あの綿菓子が、もしかしたら希望の印だったかもしれない。

リカを実家に連れてきて、父親と妹に紹介しながら食事をみんなで作り、美味しく食べた思い出もあった。リカと一緒にとろろ芋をスリバチでおろしながら、父親が嬉しそうに笑っていたのも思い出す。

ある時はリカと高尾山まで行った。

リカが一針一針、編んでくれた白と黒のしましま模様のマフラーを首に垂らして二人の時間を楽しく過ごした。所々虫食って穴まで開いている、そのマフラーを未だに捨てないで持っている。

しかし、リカが日本を発って、憂鬱な日々を送っていた時、驚くべき事実を知ったのだ。

高尾山――。高尾山が別れの原因であるとは夢にも思わなかった。

「この前、高尾山へ行った時、リカに親元へ帰らないよう、頼めば良かったかもなあ」

何気なく妹に心のもどかしさを打ち明けると、妹が予想外に深刻そうな表情をしてしばらく口をつぐんだ。

アキラは訳が分からないまま妹の次の言葉を待っていた。

「お兄ちゃん、二人で高尾山へ行ったの？」

「なんで？」

「本当に知らなかったの？」

何なのかよく分からないけれど、不吉な予感がした。

「カップルで高尾山へ行くと別れるって！　みんなが知ってるのに、お兄ちゃんは一体、何をしてるのよ！」

妹に散々怒られてから、溢れた水をコップに戻そうとした。もう、遅い。水は床に広がって動きさえなく静かに乾いてしまっていた。

そんな都市伝説があるなんて一度も聞いたことがない。アキラはただの伝説だから信じなければいいとも思った。

それでも別れは気配もなく静かに訪れた。

二度目の別れは最初とは少し異なった。

リカはすっかり大人になったし、自分も、もうそろそろ三十に向かっていたので、ある一面、リカに対して諦めも出てくる時期だった。

リカが世間一般で言う結婚適齢期であることに加え、自分は一生音楽を続けるつもりでいるのに、先行きが分からない音楽の道へリカを道連れにして苦労をかけるわけにはいかないという個人的な理由を含めて、最も大事に思ったのは、リカを結婚に誘うより芸術の海で泳がせた方が伸びる道だと判断したからであった。それがリカの幸せな世界だろうと信じたい気持ちだった。

リカの幸せのために、もうこんな関係はやめないといけないと考え、手を引いた。人の幸せを祈るために、自分の哀しみを担保とする。

しかし結局、胸の奥にいるリカは手放すことができなかった。五年、十年、二十年、三十年、四十年……。

でも、果たしてそれだけだったのだろうか。深く考えればそれは、リカの幸せを願うためだけではなかった。

リカを忘れると、リカを消すと、自分の中の大切な芸術性の一部を何気なく失いそうだったからだ。

リカを通して到達したかった、もしくは確認したかった、自分の芸術世界への熱が籠もっていたのが、リカを忘れられなかった最も大きい理由ではなかっただろうか。

ほぼ毎日、石神井公園の真夏の風景のリカの絵を眺めながら、知らないうちにリカを越え、ついには絵の中でゆっくり歩き出している、自分の姿を緑の木の間から見ていたような気がした。

昔、昔、あの埼玉の田舎町で、音楽の道に進んで行くうち、リカから何かの影響を受けそうだという予感が、そのままリカの絵の中を走っていた。

リカを通過していく上でのみ至ることができる、芸術的な魂みたいな精神の世界が徐々に広がってくるのを確信した。もしかしたら、その信念が、決してリカを忘れられない、本当の理由であったのかもしれない。

何回かリカの国際郵便の手紙をじっと見ながら、表の住所の場所まで直接訪ねに行こうかと思った。いくら地球の向こう側でも。
それでも当時、まだ勇気が足りなくて実行できなかった。
そんなリカが四十年ぶりに現れた。
死ぬまでに、一度でもいいから会いたいと思っていたリカが……。
奇跡に近いと思われた。いや、奇跡だった。
翼をおりたたんだ一羽の小さな鳥みたいに、痩せた体を寄せながら。
遠い所への長い旅から、帰ってきたと語りながら。
もう、家出なんかはしないと呟きながら。

6

感激の手ごたえがある程度を超えて溢れると、かえって実感がない。
現在の感覚に全くリアリティーもない。全身の神経が麻痺状態に陥ったような気がする。

年老いたことを明らかにする白髪が、長い歳月を証明するだけ。しばらく言葉が胸奥に沈んだまま浮き上がってこない。

もし、知らない町で通り過ぎたら、お互いに擦れ違うだけ。姿はもちろん、顔すら分からなさそう。

四十年ぶりに握手を交わしても、木の枝を触ったような感じしか伝わってこない。

「今も……ギターを……」

リカが会話にならない単語をやっと並べる。

「音楽からは一度も離れてないけど……」

やや早口で、所々発音がはっきりしない部分から軽度の鼻声まで、昔、昔、あの時と、先生は何一つ変わりがない。

体が大きな楕円形の風船になったように膨らんでくる。鋭い針先が触れるだけでも爆発しそう。

「その音楽の道を外れないで、守り続けたことに……心から感謝します」

世の中の汚れに染まらないまま、昔の貧しい音楽家の姿のまま、目の前の相手が徐々に中身を現してくる。あの先生に間違いない。感動の波が、感激のオペラが胸の壁に打ち続けて渦のように回る。

リカは安心感から深い息をゆっくりと密やかに飲み込む。

あの昔、埼玉の田舎町で初めて会った時の直感が外れていなかったことに全身が震える。芸術的な魂をいつまでも追っていく心がはっきりと感じ取れる。

胸の中から暖かい風が吹いて回る。お互いの白髪が軽く揺れて安堵感に包まれていく。

「あの、石神井公園のリカの絵も、未だにちゃんと飾ってあるよ！」

リカは一瞬、自分の耳を疑った。

石神井公園の絵とは？　覚えがない。記憶が辿り着かないし、自分で石神井公園の絵を描いたことさえ思い出せない。

「何十年も……ほぼ毎日、その絵を見てきたけど……。目が届く壁に掛けておいたから」

まるで、反抗期真っ最中の年齢に家出した娘を、汽車の終点でいつまでも待ち続けたお父さんみたいな口調が、他人のことのように非現実的に近づいてくる。

目の前が曇ってくる。

喉から熱い固まりが上がって気道を塞ぐかのように息が苦しい。

リカは、頭の後ろを鈍器で殴られたようにぼーっとし、耳もよく聞こえていなかった。

底しれぬ重さが四十年の歳月を押し付けてくる。

先生の日常の中にずっと生きてきたとの自分の存在が信じられない。人間の記憶の限界を超えたと思われる。

「リカが日本にいるとは、思いもしなかったから……こんなふうに会えると、思わなかった……」

言葉が一個ずつ重い石のようになって正しく繋がらない。

「インターネットで検索しても、どこにも名前の痕跡がなくて。時々探しましたが……」

「あまり、有名になるのを望んでないから」

冷たい茨の道を孤独に歩くような寂しさがリカの胸に留まる。なんとなく波のような悲しみが集まってくる。

「結婚は……」

「してないね」

リカの予測を超えた平安で落ち着いた声が、千川の駅前のレストランの壁を回って戻る。

「一回も？」

「一度も」

リカは次の言葉を探せられない。

「リカと似た人が、いなくて……」

リカは胸が縮まってくるようで視線を逃す。

この舞台で演劇をこれ以上見るのは無理だと感じる。心の中で、どんな形でもいいから整理が必要に思える。

四十年の日々を飛び、辿り着いた荒涼とした廃墟、悲しみの池から抜け出せそうにもない。

惜しい、虚しい、情けない……。本当は、涙なしで聞いていられないはずなのに、五感が遠くからまだ到着していないみたい。

「しかし、こんなふうに会えるとは……」

先生がついに言葉を失くす。

「四十年ぶりに……」

リカにも話を繋げる言葉がない。


無言の時間が過ぎる。二人の中の永い、長い歳月が一つずつ起き上がる準備をし始める。今から先へ、先から昨日へ、昨日からその前へ、互いに目を覚まし伝えていく。

(今まで、私を覚えてくれて本当に、ありがとうございます)

リカの感謝の気持ちはその日、口の中に留まり、決して言語では表せなかった。

7

「もしもし」の四つの音で、脳内の海馬部位のフィルムが超高速に回る。しかし最近の記憶にリカの声は貯蔵されていない。神経の幹がリカの姿と音を追跡して、大脳皮質のどこかの引き出しをくまなく捜す。

音感に触れると直感が叫び続ける。

(間違いなく、リカだ！)

驚きが心拍数を増やし過ぎて、ある線を超えると血圧が頭の方に上がって、目の前の物がぼんやりとする。

全身の筋肉から力が一気に抜ける。その瞬間、身の骨に頼ってやっと姿勢を保つ。

「昔、埼玉の……田舎町で……」

リカの言葉が待ち切れない。

「覚えていますよ！」

「そんなに、早く……何十年前の声を……」

「今、どこにいますか」

「千川の駅前ですが……」

「地下鉄有楽町線の千川ですか？　私、隣の駅にいますので、今、すぐ行きます」

「そんな……急ぎで……」

電車での一駅が、東京から札幌までの距離ぐらい遠く感じられる。

リカが日本にいるとは想像さえしたことがなかった。

一体、何がどうなっているのだろうか。しかも、隣の駅とは？　昔の、あの時のリカが、本当に待っているのだろうか。もし、勘違いして声を聞き間違っていたのでは？

色んな考えが電車の速度と同じ速さで、窓の外の風景を変えていく。電車は地下を走っているのに、外の風景が目の前を通り過ぎるような錯覚に陥った。

新しく年が変わったばかりの今、頭の中の車窓から見える景色が、遠い所まで透き通って感じられる。時空を超越した幻視の状態に脅えているようだった。

眼を合わせ、沈黙する。軽く紅潮した頰。二人とも、今するべき表情作りに時間が足りない様子で口元が硬く凝っている。

四十年ぶりの挨拶はお互い、握手を交わす。少しぎこちない。

本当はハグでもした方が自然に近いと思っていたが、いつの間にかリカが片手を出して握手を求めていた。

年老いて、昔の顔立ちが微かにしか残っていない。それでもよくよく見ると、以前の姿が結構現れてきた。やはり、リカに違いない。

「日本にはいつ……」

「もう、七年も前ですが……」

やや高めの清涼感を与える声は、昔とちっとも変わりがない。

日本に戻ってこれほど長い日々が過ぎているのに、今まで会えなかったことに、少し寂しい気分になる。

（今、目の前に座っている人は本当にリカなのか）

「千川には……千年も流れて着いたのか……」

一つの文章を完成できず、会話が何しろ上手く出ない。

頭の中から口先まですべてがまとまらない。何をどこから話せばいいのか、リカに対して何から聞けばスムーズなのか、状況の全部が混乱している。足が小刻みに震える。

「今、精神科病院に勤めています」

そう言えば、昔、看護学校に通っていた時に初めて出会ったから、看護師の免許を持っているのは当然だった。あの時、リカは夜間高校に通いながら、昼間は準看護学校へも行っていた。二十一歳で日本へ戻った時には、高等看護学校にも入学をしていた。

遠い昔から一足ずつゆっくりと、リカの実体が近づいてくる。

今の二人の存在が、いくら冷静になろうと思っても、現実ではない別な世界の話みたいな気がする。

徐々に薄い記憶が昔から今日に蘇る。

リカは最初に出会った時から、なんとなく危うい所があって、決められた形がないような感じだった。

丸の入れ物に入れたら丸になり、四角の入れ物に入れたら四角になるみたいな自由さを持っていた。そのリカの自由さが、熱情と共に強烈な印象として残っている。考えれば、その自由さに芸術的なある共通点を読み取ったのかもしれない。今も、その自由さと強いエネルギーが相変わらず伝わってくる。

「結婚は……?」

心の中でごく僅かな瞬間、リカが結婚をしてなければ……と漠然と願った。

「絵描きを選んで……」

「旦那さんが絵描きなのか」

「人柄というか、職業を高く評価したの」

長い間心の底に眠っていた沈殿物が一つずつ、浮き上がってから、また、ゆっくりと落ちていく。

レストランの室内は暖かい暖房と優雅な音楽で穏やかなのに、アキラの胸の中では荒涼とした風が続けて吹き回り、静かに去る。

リカの選んだ配偶者が美術家とは偶然だろうか、もしかしたら必然だろうか。言葉が胸に詰まる。話が切れる。

二人の間に広くて長い川が流れている。

霧に包まれ周囲が濁って見える。

何か、悲しいことが遠い所から気配さえなく近づいてくるような予感がする。

しかし、リカとの縁をこのまま無駄にするわけにはいかない。

「ギターを」

「これから、また習います」

リカが省略された質問の後ろを迷わず繋げる。

寒い冬でも、春が、そう遠くないように感じられた。

8

「川の流れ、元に戻らぬ、という誰かの詩があるけど」

同僚の演奏会のゲストとして参加したアキラ先生とついでに寄ったカフェ「リメンバー」で、先生は深刻そうな表情で粛然と語る。

「いやだ！　そんなの」

リカは語尾を強める。

「川の流れなんか、元にもどして！」

リカが再び強烈な口調で言う。

まるでお父さんみたいに、いつでも硬くて厳しい決まりの言葉。先生は何一つ昔と変わっていなかった。

「こんなふうに会えたのが、夢みたいで、まだ実感ができないけれど……」

普段の先生らしくない。先生としては最大限喜びの表現を目指したのかもしれなかった。

先生が言葉で気持ちを表現するのが苦手なことは、リカもすでに昔から分かっていたので、この時、どれほどの感動が先生の心の中に溢れているのか予測ができた。

それはリカも同じだった。

今、こうして向かい合っていられること自体が、もしかしたら夢かもしれない。アキラとリカが登場した永い夢。夢だったらいつまでも、永遠にさめないでほしい。

リカは和やかな雰囲気に滑り落ちていく気分だった。それでも冷めたコーヒーを一口飲みながら、先が見えない断崖で空を見上げようとしているのでは？　と、一瞬、そんな思いがした。

「今日の演奏会で弾いたバリオスの『大聖堂』の三楽章では、二か所も音が濁っていたけど……」

リカは目の白みを増やしながら意地悪くおどけて言った。

「リカが客席で聴いているから、少し焦って……」

先生が癖みたいな照れ笑いを見せる。

「プロらしくない！　そんなのを意識するなんて」

不意に、先生の門下生たちの発表会の時のことが記憶から剝がれ落ちてくる。何故そうなったのかハッキリしないけれど、ある時、発表会の司会が廻ってきた。確か豊島区民センターで開かれた、先生のギターの生徒たちの演奏発表会だったと思う。

三十人余りの門下生が各自発表する前に、生徒の名前と曲名を紹介し、簡単な説明を加える役割だった。先生はリカの意見も聞かず、発表会の順番が書いてある印刷物をリカに渡した。何もかもすでに、決まっているみたいに。

あの時、発表会に参加していた、若くて綺麗な女の人たちに、何だかしらないけれど、警戒の目で睨まれた覚えがある。そのジェラシーの目付きを受けたことについて、リカは先生に直接話せなかった。何故だったのかは自身にも分からなかった。

発表会が終わってしばらくたった頃、司会役のリカの声が鮮明に録音された、カセットテープとレコードをリカは先生から直接受け取った。

(先生はもしかして、ずっと自分の声を残して、いつでも聴きたかったのかしら)

死ぬまでに、一度でもいいから先生と会いたいと願った祈りが神様まで通じて、夢が叶ったのに、胸の隅までつくづく痺れてくる。全身の神経が痛む。

　リカは先生にはもう少し幸せでいてほしかった。

　幸せ。しかし、幸せってどんな状態を語るものなのだろう。

　隣でいつも支えてくれる伴侶がいないというだけで、不幸と判定できるのだろうか。果たしてそれは正しい判断なのだろうか。世の中の人々は何を幸せとまとめるのだろうか。


　カフェのスピーカーからベートーヴェンのピアノソナタ「月光」の第一楽章がゆっくりと流れてきた。

「聞きたいことがあるの……正直に答えてほしい……」

　リカは千川の駅前のレストランからずっと気になっていたことを、聞こうとした。自分に似た人がいなくて……と言った、空白の中に入っている確実な意味を言葉で直接語ってもらいたかった。

「本当に正直に……」

わざと言葉にしなくても十分リカは感じ取っていた。アキラ先生が自分のために心の中の気持ちを、一貫して今まで守り続けてきたことを。不可解であると思われるようなことを、貫いてきたことを。

「僕はいつも正直だよ」

あまりにも真面目な声、ここで質問をやめた方がいいかもしれない。

「結婚をしてないことに……私の影響って、少しでもあるのかしら……」

リカが俯いたまま、お冷のコップを指先でずっと掻くように触っていた。

「少しではなく、相当」

ストレートに伝わってくる音に現実感が全くない。

耳から鐘が鳴り、ただ、ゆっくりと響きが遠く消え去っていく。

リカは胸が詰まって言葉を失くす。

ウソでもいいから影響などないと答えてほしかった。心が楽になるために、多少冷たい返事でも虚しくならないように準備をしようと思った。

「今でも、気持ちは変わらないよ！」

四時間でも四日でも四週間でも四か月でもない、四年でもない、数え切れない四十年……四十年を……。そしてこれからも一生を……？

リカは小指の細い末梢神経から体の隅の骨の奥まで、全身が千切れそうな痛みを感じる。

どうすればいいのか自分で自分が全く分からない。

自分で何も気が付かない間、誰かがずっと自分を想い続けてくれていたという事実について、受け止め方さえ捕まえられない。

先生は博愛、献身、犠牲、みたいな古代キリスト聖堂の修道士たちの使命を、その精神を果たしているように思える。

不可能に近い。世俗に生きている人にあり得ない。

涙が溢れそう。

胸の中で河岸が崩壊して、今、洪水が起きている。水が体の外まで達し氾濫して自分の身まで流されそう。

どこまで行くのだろう。海に、風が激しく吹いてぶつかってくる、茫々とした大海で難破した一艘の帆船の船縁をやっとつかまえて、どこともなく漂流する。

このまま、ゆっくりと海の底まで沈んで行くかもしれない。しかし、リカは先生の前で涙は見せないことにする。自分の痛みが相手に伝わらないよう必死で耐える。この疼痛で逆に相手の胸が傷だらけになるのは公平ではない。

リカは歯を食いしばって涙を飲み込む。

本物の涙は目で流すのではなく、胸で飲む真珠なので。

十分に分かっていたのにもかかわらず、リカは胸の中で河岸が崩れ、波に飛ばされる衝撃を受け続ける。

「それほど永い歳月を……」

その後を言い出すと自分で自分がどうなるか分からない。

リカは唇を力強く噛みながら目の前が滲んでぼんやりとしてくるのを耐え忍ぶ。

「そうだね、リカに似ている相手を結局、探せなかったから……」

リカはカフェの天井が落ちてくるような激しい目眩に両眼を閉じる。

ここまで話を聞いて平気でいられる人なんて、誰もいないはず。リカは今、自分自身が置かれた状況を受け入れられない。この世で起きることではない、今の話は。乗り越えられそうにない、耐えられない。目の前が曇り続けて何も見えない。

リカはしばしば一人で飲み屋を歩き回るようになった。

知り合いとは誰とも会わないような飲み屋を訪ねた。毎回場所を変えて、人影が見えない暗い隅の席に座ってカクテルを飲む。

誰かが自分のために時間を捧げてくれた、信じられない事実の前で何をどうすればいいのか……。自分の手に負えない。

頭の中が真っ白に空っぽになっていく。

世間的な平凡の愛を超えて、宗教的に崇高な献身まで感じ取れた時から、ずっと涙が止まらない。リカは流れる水玉を拭かない。

周りの人たちが自分の姿を見て精神科病院に連れていくかもしれない。精神科病棟はちっとも怖くないけれど、精神科病院が近い所にあることが恐ろしい。

先生が宗教人の使命みたいに果たしてきた、博愛、献身、犠牲はもともと自分のもの、ナイチンゲールの宣誓の内容に当たる精神なのに。それを先生が守ってきたことは説明しようがない。運命としか言えない。

リカは、肺炎にかかって真っ白になった、胸のレントゲン写真のように自分の心が白い影になっていくのをはっきりと感じた。

（川の流れ、元に戻してほしい！）

心の中の気持ちをありのままに、本当は隠したくない。このまま誰かの胸に倒れて、心の湖に一滴の水も残らない所まで泣きたい。肉身から霊魂が分離していくようで、とても理性的になれない。冷静さまで遠くに逃げていく。

自分で自分が許せない。

一人でわざと砂漠を歩く、裸足で。熱い砂でやけどをしそう。それでも構わない。

一年、二年でもない、この世の言葉で表わせない、永劫の時間、永い長い歳月を返せる術が何一つない。

運命を信じたことがなかった自分に罰が当たる。運命は自分で作ると自慢した間違いも許してもらえない、どこからも。

夜明けの薄暗い窓の外から運命が氷のような冷笑を送る。

目を閉じる、真っ直ぐ前を見られない。

川の流れを、戻らぬ川を認められない。

第二章　遠い未来

1

リカに再度出会えて、想像さえつかなかった、夢のような日々が過ぎていく。

四十年の時間を矢で突き抜けてリカと会った時、一番初めに渡された言葉をアキラは再度胸に刻んで置く。

《その音楽の道を外れないで、守り続けたことに……心から感謝します》

リカは涙を微かに浮かべながら呟いた。

音楽の道をはみ出そうと思ったことは、考えてみれば一度もなかった。ただ、インターネットを利用して、自分の名前を載せたり、作品を発表したりしなかったので、リカは検索をしても見つからずがっかりしたようだった。

音楽の世界のどこにもアキラの痕跡がないから、むしろ会いたい気持ちが募ったようだった。もう別の道に移ったのではと想像もしたらしい。

意外な方法で結局二人は会えたけれど。

再び奇跡的に、四十年ぶりに会えたリカだが、何かの繋がりがないと再び二人の関係は消え去ってしまうかもしれない。

アキラは今、夢中になっていて、ある意味で義務感まで持って取り組んでいる、平家琵琶前田流の詞曲の伝統的な復元をリカに継いでもらいたいと思い始めた。

リカは二十九歳で結婚をしていた。

「夫は絵描きなの。先生の影響で選んだかも」

胸の中を冬の冷たい北風が通っていく。足元ががたがた震える。

やはり、あの昔、リカを自分のそばに留めておくべきだったのだろうか。

「先生と似ているの。感受性が強くて繊細な所まで。厳格で正しさを求めるこだわりも」

アキラは言葉を失う。

しかし、これでいいのだ。

リカは幸福そうに見えるし、何よりリカの旦那は優しい人で、リカのわがままが、そのまま通るらしいので。

リカは誰かがきちんと捕まえてあげていないといつも危ない。考えと行動が共に激しくて、情熱が常時燃え続けていて火事になりそうだし、子供みたいに好奇心が強く、どこに飛んで行くか予想もつかない。リカは前と後ろを確認せず、やみくもに走っていなくなることが多い。安全な道を歩けるように隣で、案内してくれる人が必要なのだ。

今は、そんなことを心配しなくてもいい。助力者の庭の中で穏やかに遊んでいると思うから。

「もちろん、夫も尊敬しているわ」

リカが顔を下に向けたまま静かに、落ち着いた声で話す。

夫〝も〟、というのは、未だに自分のことを心に持ち続けているとの意味なのだろうか。

アキラは骨の髄まで痺れてくるような痛みを感じる。

「こうなったら、右から左まで両方の面倒を見ます。文化的な生活が必要な、人類の未来のために」

リカが何かを決心したような表情で顔を上げる。

アキラはしばらく頭の中が空白になったようにぼんやりしている。リカの言葉の意味がなかなか理解できなくて考え込む。

「片方には美術家、片方には音楽家なんて、本当に忙しくなりそうね！」

リカは笑顔で、目をきらきら光らせる。

こういうことを考えているなんてと、アキラは複雑な心境になる。

今後、リカは一体、自らの人生の歩き方をどうするつもりなのだろう。


アキラは夫と自分の面倒を同時に見るというリカの言葉の意味がはっきり伝わらなくて不安を感じた。

この前も平家琵琶の伝承の話を持ち出すと、最初は、無理だと言いながら手で遮るような仕草をし、首を振って拒絶したリカだったが、次に会った時は顔いっぱい太陽みたいな明るさをたたえていた。しかし、突然真剣な表情になり、こう言った。

「先生が私に掛けてくれた変わらぬ四十年の気持ちと対等なお礼を私はできないと思う」

落ち着いた声で、リカが話を続けた。

「いくら難しくても苦しくても、長い歳月を挽回できるなら、少しでも先生の心の中の音楽性を理解ができるのなら、その平家琵琶の継承のための作業をやってみる」

硬い表情で、雲ひとつかかっていない晴れればれとした顔つきだった。

やはり、リカは昔とちっとも変わっていなかった。

再び胸が痛む。

昔、あの時、そばにずっといてほしいと、何故言わなかったのか、何故告白を迷ったのか。波が岩にぶつかってくるように、心の壁へ潮騒みたいな後悔が押されてくる。自分の中に広がる気持ちを精いっぱい隠すため、思わず本心と離れた言葉が飛び出した。

「浮気をしては、いけないよ」

アキラがリカに、ギターの先生ではなく、まるで学校の倫理の教師みたいに厳粛な、低い声で厳重に注意をする。

しかし、このセリフは嘘だった。本当は浮気よりもっと酷い、非道徳的な行為でもリカとなら神様も許してくれるような気がした。

七夕の彦星と織姫さえ、一年に一回は会えたのに。リカと会えずにいた数え切れない日々はあまりにも残酷すぎる。

「浮気……両手に星を摑んで……」

リカが空虚な微笑を唇に滑らせる。

「リカは友達だから……。特別な……」

リカは黙って何の反応も見せない。

「アメリカ先住民が使う言葉で、シキスってあるんだ。訳すと、友達にあたるかも。本来は靴の片方を示す言葉だから、それでもいいかな？　もっと深い意味で、相手の悲しみを代わりに背負っていくという意味があるので、それでもいいけど……」

アキラが虚しそうな顔で、言葉の後ろを結ばず目を逸らす。本心を見せない自身がいやでたまらない。

リカの親でも保護者でもないくせに、まるで聖人君子みたいに偽装をするなんて、卑怯だと思う。

「私がどこまで流れていくか分からないって、気が付いたのね」

リカは冷静を超えて冷徹にまで至る。

アキラは自分こそ冷静を保って、心の中心を整えるべきだとふっと気が付く。

「二人だけのアジトを決めて！」

アキラはリカの命令みたいなわがままを殆ど聞いてあげる。

リカがアジトへ来るように要請すると、アキラは倒れない限り出かけるようにした。

アジトとして選ばれた店の名は、カフェ「リメンバー」であった。記憶……これからのリカとの間のすべてのことを、やはり常に覚えて憶えるしかないとアキラは思う。

「これから、懐かしい場所へ思い出の旅に出るの」

「そうだね、一か所も抜かさず全部行こう」

アキラはリカの提案を異議なくそのまま承諾する。

リカはこういう現象を「四十年の副作用」と表現した。良い方向への副作用だと。

体に異常が起きたら、この副作用は、どうやって治療をするのだろう。

「遠い町への旅から、平安な家に戻ってきたような感じ」

リカがニコッと笑いながら、何十年という時間を一言でまとめる。

「結構、長い旅だったね」

「もう、家出なんかはしないから」

リカが平穏に休めるように、リカを安全に保護するためにも、しっかりと中心を保たなければならない。アキラは再び自分の心に呼びかける。

リカが真っ直ぐ立っていられるように、自分の中の骨筋も堅固に調整しようと決意を固める。

五線紙をゆっくり丁寧に取り出して、一つ一つの音符に今の気持ちを正直に入れながら、曲を作り始める。

究極の音楽を求める世界は果てしないけれど、透き通った清明で美しいソナタを目指したいと思った。

「再会」と名付ける予定の、感激を超えた夢見るようなパノラマの曲を。

2

十一月の終わりの日だった。

「石神井公園に行こう！　あの絵を描いた、同じ場所へ」

先生が、十七歳ぐらいの自然のままの少年みたいな明るい表情で、リカを誘った。

リカの胸に波紋がゆっくりと広がる。何から何まで細かく気遣ってくれることに、全身に巡らされた感覚の触手が水飛沫になり撥ね上がる。

先生の献身の終わりは、一体どこにあるのだろう。

やや曇りの日、結構冷たい風が鼻先を通る。もうそろそろ秋が終わり、冬が訪れようとする時期だった。四十数年かの前に、リカが描き上げた、石神井公園の池と空と林の風景が今日、二人の目の前に再び現れた。

今日も絵の中の雰囲気と同じで、やや曇り。池では何羽かの鴨が水面上で羽ばたいて遊んでいる。

絵の中では表現していなかったけれど、あの昔、リカがここで絵を描いた日も、今の鴨の母の祖母の……遠い親戚が、同じ仕草で遊んだと予想される。あの鴨は池を離れて陸地に上がってみたいとは思わないのかなあ……。

季節だけが違って、今は冬が近づき木の葉っぱが殆どなく、木の枝たちが春を待ちながら寒さに耐えている。松の木だけが細い針のような緑の葉っぱを風に軽く揺らせている。四季に構わず鮮明な緑色で。

リカは胸が詰まって無言になる。ただ、先生の腕に手を添える。紫色の感動が徐々に広がり、身体まで薄い紫に染まってくる。

長い、永い歳月の間、何一つ変わりなく、昔と同じ場所に同じ物がそのまま存在することに全身が揺れ動く。あの池で遊んでいた鴨の背中にでも乗ったようにゆらりゆらりと。石神井公園の絵を描いたことは未だに思い出さないけれど、先生から見せてもらった自分の作品の中の風景が、今、目の前で再現されるとは……。

「来年の真夏になったらまた来よう！　今年の夏は雅楽分野の色々の資料整理で忙しかったなあ。平家琵琶の平曲を理解して承継するには、やはり雅楽に触れないと本物の味が出ないから……それに、楽琵琶の方でも平安時代に中国から伝承された三大秘曲のうち、失われた譜面も発見され、揃っているし……」

先生が沈黙を破る。優しそうな顔つきで。

リカが描いた絵の中の風景を思い出したのか、先生は細目で景色を眺める。何十年も常に見てきた、石神井公園のリカの絵は先生の頭にも、網膜にも刻印され、目を閉じても同じ描写ができるくらいだろう。

リカは胸がはちきれそうな痛みを感じる。

昔は、過ぎ去ってしまったのではなく、未来から遡って明日を通り、絶え間もなく今日に向かうのだった。

「都会の中にこんなに心が休める公園があるっていいね」

先生の声が穏やかで、幸せに響く。

昔、お城だった所を公園に作り直したらしく、石神井公園は敷地が結構広い。歩いても、歩いても、まだ道が終わらない。先生と自分の、昔々あの昔から今に至る、長い日々と同じように。まるでこれからもずっと道が続くのを予言するみたいに。

池の向こうの社とお堂の間から、先生が自分のために心をこめて作曲してくれた、「瞳」のメロディーがだんだん大きく近づきながら聞こえてくる。リカは目をつぶって先生の心を読む。

石神井公園は、七夕祭りの夜、カササギたちが羽を広げ、彦星と織姫が天の川を渡って会えるように橋を作り出したのと同じみたいな、カササギの翼の役割を果たしたと思える。先生と自分は、切れない糸で繋がっていた。

「私、先生と友達にはならないから！」

リカが哀絶な声で叫ぶ。

先生は複雑な表情で、色々と考えている様子が目に見える。

「いやだ！　友達なんかでは」

いつか特別な友達であることを、強調しながら述べた、先生の音声に気づいたリカが口を尖らせて呟いた。

「もう、ただの門下生ではないから」

答えになっていない先生の反応にリカは反抗的になる。

先生の返事に隠された本心を、リカは誰よりもよく知っていた。それは家庭を持ち、人の妻になっているリカの状況を認めた上での諦めだった、確かに。

人生の半分も過ぎるくらいの時間を捧げた後の虚脱感、少なくともリカはその感情を知っていた。そうは言っても自分の中で、先生との関係を決めたわけでもなかった。ただ、友達という概念に賛成できそうにもない。千里、万里の遠い距離感しか取れない友達では、肯定できない。いくら〝特別な〟という言葉を使っても。

先生がリカに特別な友達であることを告げた日、リカは〝特別〟の中に含まれている意味を、夜通し考えてみた。結論のない、想定できない、推定さえ無意味な時間を潰したが、自分で納得がいくような答えは得られなかった。

「本当に、友達にはならない！」

リカが空中に釘を打つ。

先生の顔に書いてある、迷うという文字が困ったような表情と共に捻じれる。

「人を、傷つけてはいけないよ」

いつの間にか、余裕に満ちた顔つきで、先生が修行を終えたお坊様のような声を出す。

また、例のあの、お父さんみたいな決まりの文句。

リカは心の中が冷たい氷になっていくのを感じる。

石神井公園からの帰りは、曇り空から雨になっていた。空の上から自分の代わりに涙を流してくれている。夜空に星はなかった。雨と共にベートーヴェンの「運命」の曲が空から続けて降りてきた。リカは多少憂鬱な気分になった。

（今、神様さえ嫉妬するぐらい、幸せかもしれないのに……。先生は、いつでも温か過ぎるし、自分のわがままをほぼすべて通してくれるし、大事にしてもらうばかりでなく、変わらぬ気持ちで深く想ってくれているのに……友達云々の話を除けば……）

リカの心情がなんとなく淋しい方向へ滑っていく。

（一つを得れば一つは失う？　宇宙の万物の順理かもしれないけれど）

雨の中、歩く足どりが重い。

先生の胸奥に隠れている、根源的な淋しさが、いつも自分の骨の奥まで明らかに伝わってくる。松の葉っぱみたいな針先が心を鋭く刺す。

リカは胸の痛みで、上着の襟を千切れそうなほど握って全身を揺らす。

先生のあの淋しさは、何をどういうふうにしても、一生消せない気がする。いくら小さくしても点の大きさで残ると思う。やはり根源的としか言えない。先生自身が宿命として背負うしかない。それこそ先生の変わらぬ、一生の友達かも。

3

リカは毎日、「今日という日は特別なプレゼント」だと言っている。

「今日は、昨日死んだ人の明日でしょう?」

突然出現した、三日も入っている一つのセリフにアキラは計算ができない。

「固定された日々として決まる明日は、死んでから初めて発生するわけ」

一体、何を言おうとしているのか、意味があやふやで、頭がなかなかついていけない。

「生きている私たちに明日は、毎回今日として戻ってくるという話」

それでも昨日と今日と明日の関係が、まだはっきりしない。

「要するに、今日、今が大事なの。英語でも今日をプレゼントと訳すから、今日は神様の贈り物ね！」

リカはたまに本人が好きなことを、本人が好きなように話したりするので、アキラはこの辺で昨日と今日と明日の算数を諦める。

「O・ヘンリーの小説に、『マギ夫婦の贈り物』ってあるけど、知っている？」

いきなりのリカの質問にアキラは今度も返事を迷う。おそらく「賢者の贈り物」と訳された短編の物語だろう。リカは原文の題目を直訳している様子だった。

「さあ、夫婦の話は知らないかも」

でも、本当はよく知っている話だった。「クリスマスプレゼント」と訳した本もいつか見た覚えがある。

「あまり認めたくないけど、私たちにはこの世で過ごせる時間が、そんなに多くない。生きているうちの残りの日々がどれほどなのか、誰も知らないと言っても世間的な余命が、平均寿命が、私たちに近づいてきているのは否定できない……」

（今日、今が大事なのか）

アキラが一人言葉を舌先で小さく繰り返して呟く。

「後、後まで残る芸術の作品って、飾りがなくなって、だんだんシンプルになっていくと思わない？」

「あるレベルに至ったら、そうなるかもしれないね」

「後で骨しか残らない作品……。霊魂の響きが骨までしみ込んで来る、美術、音楽、文学、映画……。私たちの記憶に残る芸術品も骨を泣かすものだと思う。人間も終わりには骨しか残らない、私たちも最後には骨しか……」

この時点でリカが急に泣き出して、涙を止めなかった。なかなか落ち着くことができず本当に骨が泣いているような感じがした。

限定された人生の時間を、リカも意識しているようだった。

リカは誰よりも死を先鋭に触れる現場で働いているので、分かるような気がした。

時々老人ホームの玄関で待っている葬儀社の車が、天の上で次回の生が決まるまで中有の世界を徘徊する時に乗る舟に見えると、たびたび表現していたものだから、なおさら。

それでもリカはたまに、老子の話を借りて、人間の誕生が自然から来たのと同じように、死も自然の摂理なので、宇宙に帰るだけのことと言いながら、毅然とした姿勢を見せたりもした。

死は、悲しいことで虚しい現実かもしれないけれど、やむを得ない。

「お願いがあるの。聞いてくれるって約束して？」

リカがまだ涙ぐんだまま、鼻声でアキラに問いかける。

「約束する」

「老子の道徳経の中に、死而不亡者壽という思想があるの」

リカは深呼吸をしてから、ゆっくりと話し出す。

「死んでも生きてる人が、一番長く生きる人だって！　死んでも生きてる人……私からの宿題なの」

骨しか残らない時まで、答えを出せない、深くて重くて限りない、果てしない芸術作品への昇華を追求してほしいと言っているようだった。

「誰とも競争しない。自分自身の極点に向かっていくの、黙々と」

リカの瞳が外の灯りを反射して光っていた。リカの瞳が輝きすぎて眩しい。

リカとの約束を守るために、宿題をさぼらないために、永遠に終わらない宿命のために、芸術的な魂を音楽の音で燃やし続けなければならない。骨しか残らないその瞬間まで。

胸の痛みが全身に広がる。

（死而不亡者壽、死而不亡者壽……）

いつの間にか、リカが透明な音で『マギ夫婦の贈り物』の話をゆっくり語っている。

「貧しい夫婦がクリスマスの日、お互いにあげる贈り物を準備しようと思うの。しかし、二人ともお金がないわけ。奥さんには艶々した美しい、長い髪があって、旦那さんはその髪を梳かすための、櫛を買ってあげたかったの。旦那さんには懐中時計があったけど鎖がなくて、奥さんはいつもそれが気になっていたの」

リカが話したい胸の奥の心境が少しずつ見えてくる。

交差点を過ぎてから振り向く、違う道を選んだ若者二人。青春は川に流れ、元に戻らぬ。

「旦那さんは懐中時計を売って、奥さんのための櫛を買ってくるの。奥さんは自分の長い髪の毛を売って、旦那さんの懐中時計の鎖を求めて帰った……。けれど……」

リカが言葉を止める。それ以上、話の続きを語れない。

沈黙が広がる。しばらく周りが巨大な墓地になったようだ。

静かすぎる。互いの息の音さえ、空中に溶けて何も聞こえない。

物事すべてが動きを停止し、夜空の星と月も雲に隠れる。灯りを失くす。

宇宙の万物が無に帰る、元に戻っていく。

櫛と鎖。鎖と櫛。運命のすれ違い。

向かい合わせに座った二人はお互い静かに止まらない涙を流す。
この世でどうにもならない、宿命の影。やるせない。
世の中の言葉はもう要らない。このまま死んでもいい。
二人はＯ・ヘンリーの物語に出てくる髪の櫛と時計の鎖になり、知らず、知らずに
無生物になっていく。
固定された銅像になる。
風化されていく。
二人の絵がそのまま止まり、徐々に化石化し始める。
鎖と櫛、櫛と鎖になったまま。

4

冷たい風が古い家の周りを休まず通っている、ある日だった。

リカと再会してもうそろそろ一年になろうとする。日々がたつのは早いことだとアキラは思った。

リカから一箱の小包が送られてきた。ちょうど、五冊ぐらいの長編小説の本を重ねて包んだ大きさだったので、アキラは小包の中身はすっかり何らかの本だろうと思った。そうでなければ、この前マギ夫婦の話をしながら貧しい人のクリスマスプレゼントについて語ったから、もしかするとクリスマスプレゼントかもしれないと思った。

それでもどちらかと言えば、本の確率が高いと決め付けた。たぶん、老子の『道徳経』だろうとアキラは予想した。宿題として一世一代の課業を口頭で頼むだけではやはり済まなかったから、直接読まなければならないような昔の哲学書を送ったのだろう。

考えてみれば、リカは老子の思想にかなり影響を受けたようで、無為自然とか人間の知性の限界を超えたのが〝道〟とか〝徳〟なのだとよく話していた。老子の倫理がリカの思想の基本になっているような気もした。真理を追究するのに、人間の純粋な自然体の姿が必要だとか、自分自身を信じる無神論を強調したことなどが、代表的な例と思われた。

しかし、箱を開けてみると、中には色とりどりの封筒がズラリと並んで入っていた。誕生日のカードやクリスマスカードが入っているような物だった。結構な量だった。封筒の外側にはそれぞれ、四桁の数字も書いてあった。数字はどうも年度らしかった。

アキラは瞬間的に胸がドキッとした。なんとなく心の焦りも出てきた。もしかして、別れを告げる長い手紙？　短編小説程度の量がありそうなそれを見て、やるせない現実に堪えられなくて、リカが石神井公園の、あの絵にも描いた混濁した池に逃げようとしているのだと思いついた。

手を震わせながらゆっくりと封筒からカードを取り出した。

それは二人が会えなかった四十年分の、誕生日祝いのカードだった。リカと距離を置いた次の年から再会するまで一年に一枚ずつ。それから今年の一枚が追加されて、カードは結局四十一枚あった。四十一番目のカードは今年のお祝いの物だった。

アキラはリカからカードを貰った後、自分の誕生日がクリスマスの九日前なのに気づいた。誕生日のカードなんて、幼いとき妹から二、三回渡されたきりだったので。「ベートーヴェンと同じ日に生まれましたね！」といつか言っていたリカの、か細い声が耳の周りではかなく消え去った。

リカの小包の内容をやっと理解したアキラは、年度順にカードを並べ始めた。部屋が片付いていないせいで置き場があまりなく、布団の上から載せ始めたカードは封筒と共に部屋をグルッと回って色んな書類や楽譜の上や台所にまで広げられた。

ちらちらと見えたカードの中身は、どうやら毎年別々に読むのではなく最初から終わりまで順番に読んでいくと一編に繋がる手紙だった。

首まで凝ってくる大作業だった。部屋の中に目を回すと、どこかの小学校の前の文房具屋のようにも見えた。

アキラはカードの文字を読む前に氷水をコップ一杯飲んで頭を冷やした。それから心が落ち着いた所で、順番を間違えないようにカードを読み出した。

今は一時、別れるけれど

また会う日まで
いつか会えると信じて
生まれた日に祝福を
この世で幸せに
歳月を経て運命が
はるかに遠い道から
二人のためにゆっくりと
幸福に向かってやってきます
希望という名の
灯火をつけて
翼を広げて、近づいてきます
朝の霞の中に浮かぶ先生の横顔は
目の前で消えてなくならない
音の世界は、果てしなく

究極の芸術への追求も難しい
それでも、音楽の魂に出会い
真理に至れるよう、心をこめて祈ります
私たちの故郷へ、戻れますように
思い出を味わいながら
胸が詰まっても、泣かないで！
いくら、遠回りをしても、悲しまないで！
切ないとも、思わないで！
嘆かないで！
淋しくしないで！
涙は零さない
胸の奥に涙川が静かに流れているから
人生の虚しさも
儚さも

寂しさも
哀れさも
情けなさも
全てが川に溶けて
いずれ、微笑む日が訪れるでしょう
汚れた世の中に染まらないで
純粋な色も、昔と変わらず
透明で清いまま
真心のある人でいてほしい
願いが、青空を揺らし
祈りが神様の耳に届いて
夢が叶い、これからは二人が別でなく同じ方向を歩んでいきます。それが芸術への茨の道でも。喜んで、楽しんで。どうぞよろしく！　誕生日まで重ねて、何と素晴らしい、奇跡みたいな年でしょう！

一編の詩を鑑賞した気分になったアキラはギターを取り出した。

アキラは来年あたりにリカのための演奏会を予定し、日ごろ、ヘンデルの「サラバンド」を練習していた。サラバンドはアラビア語で〝神様に捧げる舞い〟との意味なので、リカとの再会を神様に感謝したい気持ちから計画したイベントなのだ。当然ながら、リカには内緒で進めている。

昔のことや今の状況を考えながら、アキラは二十一歳になったリカが日本へ戻った時に作った「巡り逢い」を弾き始めた。何も考えなくても指が勝手に動いた。指先はいつの間にか「アランフェス協奏曲」を奏でていた。塵が山になった狭い部屋の壁を回って四十一枚のカードの中へ音が浸み込んでいった。

最近、リカは何かの演奏会を開く企画をしていた。昔と今とちっとも変わらず、リカらしく、当たり前のように一切相談などなしで。

「あの田舎町でのセレクトに同意しなかったから、別な方法で」

「それは……しかし……」

「先生のギターの人生、半世紀を記念するの。重くて深い、クラシックの世界を。一度も放たれたことのない、先生の影みたいな渾身の演奏を」

「それほどの実力ではないから、やめた方がいいよ！」

「音でお知らせするわけ。これは僕の魂の叫びですと」

「心が渇いて、もう駄目だって！」

「雨か雪をたっぷり降らせて、胸をびしょびしょにしよう！」

「それより、書き溜めていたリカの小説を世に出した方がいいよ」

アキラは、リカのノートパソコンに保管してある下書きの小説と世の中への通路とを繋げてあげたかった。何十年も一人で一文字ずつ積み上げた蟻城から、蟻たちを通路に歩き出させるのは自分の役目だと思った。

「埃だらけのごみだから、もう捨てようと決めたの」

「長年に亘って熟成したから、今の方がもっと美味しいかもしれない」

「それに蟻たちも全部もはや死んでるわ！　餌をしばらく与えてないもの」

南から北までどの辺に止まるか、常に予想がつかないリカだから、今度は何をまた考えているのだろうか。

はっきり聞いたことはないけれど、ある時、会話の中でリカが言い流した曲がアランフェスだったので、指が自然に音を出していた。この曲は三十代の時、舞台で完奏した覚えがあった。わりと長い曲だったが、最後まで無事に弾けたのは、リカが見えない所でも、ずっと見守っていたからだと今になって気が付いた。遠く離れても石神井公園の真夏の絵と共に、濁った灰緑色の池の絵の中でリカはいつでも一緒だったのだ。

それから、次の年の始まりに、二人の顔を合わせたぐらい大きな〝色紙《しきし》〟が郵便で届いた時、アキラは胸が再びドキッとした。

しかし、それはリカから届いた年賀状だった。

《この世で一番デッカイ、年明け祝いの希望証明書です。四十年分の心をこめて、今

後も変わらず、創作のための素晴らしい日々を……》

5

二人が、薄暗い千川駅前のレストランで顔を合わせてから、もう一年が過ぎた。その間、二人の思い出の場所にも、高尾山だけ残して一か所も抜かさず全部まわった。

リカはアキラ先生と再度出会ってからつくづく考えた。芸術の世界のみならず、精神的にまで安穏な自分の故郷へ帰り着いた感じがする、この感覚は一体何なのかを。先生が鏡になり、自分自身の姿を映している錯覚が起きたりもした。しかし、長い年月の間、探し求めていた自分の本来の道を鏡のなかで見たのではないだろうか。

もう、この世でこれ以上望むことはないような気がした。

「この世では、高尾山へ行かないわけ？」

「行かない！」

アキラはきっぱりと答えながら首を横に振った。行かないと言い切った返事の後ろには、言うまでもなく、「別れるから」という言葉が省略されていた。

リカも高尾山に二人で行ってはいけないことを後で知った。

「来世も、高尾山には、行かないのね？」

「もちろん」

「私たち、いつまでも涅槃に入れないね」

「永遠の輪廻のために」

「私たち、来世では……会えるの？」

「会える」

「どうやって分かるかしら」

「再会の曲をかけておくから」

「どこで？」

「ここで」

寒い冬、すべて葉を落とした裸の木の間を通り過ぎて、二人の視線が遠い、終わりのない未来へ向かっていく。

カフェ「リメンバー」の室内には、ヴィヴァルディの「春」がヴァイオリンの旋律で満たされていく。

窓の外には白い雪が限りなく流れていた。

あとがき

翻訳をしている際に、日本語の独特な味に気が付きました。異国の言葉では決して言い換えられない、表せない、淡い紫色みたいなやや幻想的な余韻、もしくは、空白感が物足りなさを覚えさせる所などが心の琴線に触れました。

その味を活かした雰囲気の物語を作りたいと思って書いたのが、『遠い、道のり』です。

原稿を終わらせてみると、なんとなく、伝説のような説話の方向に、文章たちが走ってしまいましたけれど……。小説の中で状況を説明する場合も、もっと素晴らしい別の表現が数多くあると推測しますが、その辺は、これからまた勉強していきたいと思います。

日本へ働きに来て八年目ですが、まさか、日本語で小説を書くことになるとは、自分の辞書にもない、予想外の挑戦でした。

人類の一番古い物語と伝わる、『イーリアス』と『オデュッセイア』を初めて読んだ時を思い出しました。神話から取り出した題材を、吟遊的な歌で叙事詩に仕立て上げる話。人々が好む新奇な物語はやはり、神話のような気がします。

偶然なのか、内容的には物凄く足りないのですが、自分で初めて書いた物語も、アフリカ神話というタイトルの創作集です。もちろん、韓国語ですけれど。

日本の言葉ならではの個性を、今後も休まず追求していきたいと思います。言うまでもなく、自分の母国の言葉の特徴も忘れないように、文章を書き続けるつもりです。

芸術は結局、真理を求めていく「棘だらけの茨の道」ではあるけれど、好んで傷つきながら歩いているので、道が続く限り足を止めることはないと自分自身を信じたいです。

ゲーテの言葉の通り、どこかへ辿り着こうと決めるたび、道を失い迷うばかりですけれども……。

これまで、正しい日本語の習得を助けてくださった、「平家琵琶友の会」と他の皆さんに感謝します。小説を朗読してくださった田代義和氏、特に執筆を勧めてくださった会長の石丸興明氏には何と御礼を申し上げたらいいか、言葉にできないほど感謝をしています。

私の応募したささやかな作品に対して前向きな言葉をかけて出版へ導いてくださった文芸社の出版企画部の砂川正臣リーダーを始め、編集部の今泉ちえ氏、その他の方にも、この場を借りて感謝の気持ちを伝えます。

令和二年九月

卓　仁淑

著者プロフィール

卓 仁淑（たく いんすく）

韓国、ソウル出身。韓国放送通信大学国語国文学科修了。

日本、毛呂病院附属高等看護学院卒業。2012年に再来日し、現在、埼玉県内の病院に勤務。

「平家琵琶友の会」会員。雅楽の右舞を稽古中。

韓国で、創作集『アフリカ神話―何故、神は人間を捨てたのか』、翻訳書『レメディオス・バロ―超現実主義画家の作品集』『イェニー・マルクス―カール・マルクス夫人の伝記』などを出版。

遠い、道のり

2021年2月15日　初版第1刷発行

著　者　卓 仁淑
発行者　瓜谷 綱延
発行所　株式会社文芸社
〒160-0022　東京都新宿区新宿1-10-1
電話　03-5369-3060（代表）
03-5369-2299（販売）

印刷所　株式会社平河工業社

ISBN978-4-286-22321-6